JN198049

詩集

物語／世界

秋田清
Kiyoshi Akita

文芸社

詩集　物語／世界

目次

物語（1982〜1984）

世界（2018）

あとがき

物語（1982〜1984）

物語

見渡す限り群青いろの
太平洋上に
二疋のハエを放したら
どんな物語が始まるか
それが宿題
（白鳥座の一角で衝突する島宇宙）
そして
僕は走り出す
新聞紙飛び交い　物干棹の連なる中
信号機は僕を苛立たせ
雨水は　樋をつたって　石垣に跳ね
ほとばしり…
風と競争して僕が駆けつけたときには

彼女は遠く　海の上
埠頭の橋が　跳ねて
僕は空を仰いで——腕を伸ばした

物語は虚空をさして落ち
恒久に失われた
（見知らぬ少女に捧げられた僕の愛、と
僕に捧げられるはずの見知らぬ少女の愛、と）

歩行

遠く
日没するより　尚遠く
遠く
遠くまで
僕は歩いてゆかねばならなかった

僕の腕には　すべらかな
うすもいろの硝子の昆虫が
コチコチ　コチコチ
時刻《とき》を刻み
頭の　ぐるりには
幾千万の羽虫ども　飛び交い
砂塵に眼がうるみ

何故　僕は歩いているのか
一体　僕は歩いているのか

夏
僕の歩みの速度をはかって
目のまえにひらけてくる夏
黄土色の畑のうねりは
僕の足裏に熱くこたえ
僕は歩いているのか
空には黄色いみっか月
山のうえ
しずかに闇を潤していた

目の前には青い闇　はがね色した
闇のとなりは　青い闇
そしてまた

闇

闇のとなりに僕　くるくる廻る
廻る――みずぐるま
独楽《こま》の軸がそっとかたむく
雲間に切りとられた一ひらの青い空
極光のようにゆれる波紋
その中心をめがけて
おちてゆく　またとんでゆく
地球の中心へまた銀河の一点――かみのけ座の平原へそして
――暗澹

気がつくと
空は昨日のようにおさまり
思い出せないほど昔の
晴れた午後と同じように
僕は草の海

憂いをふくんだつめたい風が
空みたいに空っぽな頭の中を
吹き渡った

遠く
日没するより尚遠く
遠くまで僕は
歩いてゆかねばならなかった
そして…

日盛り

日盛りに空は暗く、おどんだ空気が垂れ込めて、——その上を飛行機が、蜜蜂のような羽音をたてて飛んでいる

海鳴りが遠く、また近く聞こえる

平地の中で道は高く、しらじらとつづいている。山茶花の垣根のある家、めらめらと陽炎の立ち昇っている

川辺に
　　何かきこえる
すべてが白く、ただ白くなって

何かきこえる
白くなって
蝶の羽根のそよぎ
が、きこえる
川辺に萌えいでた
青い花こぼれる
萌えいでた
赤いきいちごの実
海鳴りが遠く
僕を満たし
近く――
僕はあふれ
青い花がこぼれる
陽が翳る
陽が照り勝る

日盛り

すすき野

冷たい川風に
破れた夢を追いかけて
重たいまぶたをあげると　世界は
まるで二つの箒星同士が
正面衝突して飛び散った後みたいに
輝いていた

沈む太陽を
目のはしに入れたら
しばらくは空の牧場で
赤や青の影法師たちが
追いかけっこ
遠くで陸橋が

刃のように濡れて
光った

春空の旅

花冷えの町を歩きたくて
曇り空は旅へいざなう
車窓をすべる
乳色の雲は
僕の肩に重たい愛撫
プラットホームの片隅に
世界の重みが凝って
空の屋根を支えている
こんなにも沢山のものが生きていることが
おかしな程素直に
――得心できる　そんな日
見知らぬ町の
空気は籠って

通りすぎる町には
それぞれの人の息吹き
遠ざかる足音　海岸通りの再会　模型のような学校
白い小さな手
蠅を追う老人の眼
それだけ妙にあざやかに
涙のように僕の目をよぎる
今日もまた
曇り空は旅へいざなう
花冷えの町を歩きたくて

Kiyoshi Akita

夏

自転車の車輪は夏空の軋み
叢の向うに青い空が見える
アゲヒバリにさそわれ
僕もまた　夏の中に
墜ちていった

湖泥

このみなそこに絡みあふ
みどりなすみづくさ　その奥ふかく
ふかみどりたたへた虹彩
じつとしづかなひとみがあるのだ

みどりなすみづくささその奥ふかく
うをのくちにはあやなす真珠
じつとしづかなひとみがあるのだ
ぼくのからだはうみの泥

うをのくちにはあやなす真珠
麝香のかぎろひ立つみぎは
ぼくのからだはうみの泥

岩に刻まれた　ぼくのこゑ！

麝香のかぎろひ立つみぎは
みづうみのうへ　陽光《ひ》はゆらめき
岩に刻まれた　ぼくのこゑ
何を待ちつづけてゐるのか！

みづうみのうへ　陽光はゆらめき
風にゆれる　まるい水の輪は
何を待ちつづけてゐるのか！
やがて音もなく消えて…

かぜにゆれるまあるい水の輪は
《ふかみどりたたへた虹彩…》
やがて音もなく消えて
じつとしづかなひとみがあるのだ

唯　ひそやかなひとみがあるのだ

K・A

空蝉

鉄塔の下に茂る青草
の葉にすだく一めんの朝露
を掌に集めて顔を洗いたい
僕

時は夏
なつかしさに僕は一人
鳥になった

夢ならば醒ましてしまおう
かなわないならもっと酔おう
僕の足は空蝉を蹴飛ばす
それは放物線を描く

水面の亀裂がおさまると
僕は一人
笑っていた

そう時は夏
なつかしさに僕は一人
鳥になった

海

Ⅰ

うしほの轟きは
忘れかけた子守唄
遠い昔
祖母の膝で聴いたやうな
老いた者の顫へるこゑ
僕たちを眠らせ
こはく色した入日の彼方から
招いてゐる

イロンナカタチノ　カイガアルネ?
そうさ　あれは松虫　それから藤の花　松葉貝　どれも死骸《むくろ》だ
イロンナカタチノ　クモ

——雲のかたちは季節と場処によって違う
スグニ　カタチガカワルネ？
一度きりなんだよ　お前は一日海の音を聴いたことがあるかい
あれは生きているもののもの憂い脈動なのだ　あれを聴いていると…

Ⅱ

僕は海に
穂麦をわたる風を聴く
麦のかぐはしさを
肺腑につめこむ
遠い丘の空の一点に
セミシグレがそそぐ
《オマヘハイチニチ　ウミノオトヲキイタコトガアルカイ》
それは
海の嫋嫋たるしらべ　沖へ沖へと

萌黄いろした花畑を
笑ひながら海豚が遠ざかる
最後のしづくまで描きをはつた絵
僕たちを眠らす
《アレハイキテヰルモノノ　モノウイミヤクドウナノダ
　アレヲキイテヰルト…》

Ⅲ

海の底にも太陽があるのか
空はセピアに翳り
はちきれさうにふくらむ海ばら
砂に沁みとほる波
僕からかへす小波
うしほの轟きは
忘れかけた子守唄
いつか微睡《まどろ》み

僕は
一あし　一あし
海の方へ
落日は血の飛沫を投げた
あれは生きている者のもの憂い脈動なのだ
――あれを聴いていると…

団栗

××坂を登りきったところに
一本のナラの木があって
僕がその老樹の下を通るたびに
決まってこのみしぐれを降らせてくる
そうしたことが度重なったので
不審に思い
その大木の前で一日張り番したが
うっそうとした庸の下を通る
誰の頭の上にも
一粒の団栗さえ
落ちはしなかった

それ以来

僕は夢に見るのだ
青い帷がおりると同時に
木の実に埋め尽くされてゆく
幸福な最期を

僕は信じている
あのナラの木の根元には
いくたりかの白骨が
埋まっていると

林檎

風は銀色の刃で
空を切り苛み
点々と
丸坊主に削ぎ落とされた
古木の群れ
心を遠く離れて
坂道をひとり登ってゆく
何を追っていたのだろう
懐かしい響きを耳に残して
坂の上から
転がり落ちてくる林檎一粒
それだけ抜け出たように
赤い

僕は念じた
《林檎よ　海へとどけ
黄金色に燃え映える
夕暮れの海に》

僕もまた
明日は渦巻く　まちの
波間に呑まれる

ざわわ

ざわわ…
ぼくのまどから風がふきこむ
こころのいとがわななく
ざわわ…
おおきなくまざさの葉がゆれる
ざわあ　ざわわあ…
とおくで鐘がなる
ぼくは音さになり
ともにふるえ
ふるえながら
（ざわあ　ざわわあ）
風にふかれる草花のねむりを
ねむってしまえたら

いつまでも
ねむりつづけてしまえたら

不在の森

蕩蕩たる闇の海を
手さぐりで歩く
風の合図を遠くにきいて
涯《はて》ない森へ分け入ってゆく
（物語はいつも夜つくられる）
待つことはつらいことだから
だから
幾度の夢を夢み
幾度の旅を旅し
幾度の訣《わか》れを訣れて
今
しるべない新月の夜を駆けぬけながら
見知らぬ人よ

君は風を聞かなかったのか
影のひだの可憐な囁きも
目にとめなかったのか
君は一人で
この緑の海原で
遠く
空の明るむように
霧笛を交わすことすら
それすら
かなわないのなら
（なんて不器用なんだこのオレの夢は）
この不在の牢《ひとや》の中で
僕がのぞんだのは
ただ
ひそやかな　手向《たむ》けだけだったのに

（子供はみんな）

子供はみんな
メロンソーダが大好き
メロンソーダを飲むときは
忘れちゃいけないおまじない
目の前でおばさんが　何かいっても
金魚みたいに　口をぱくぱく　してるだけ
お口の中はまっくら
まっくらな水底から海草がにょろにょろ
灯台の光が通りすぎたら
海の底に月あかり
島をさがして泳ぐのよ
きのこみたいにもりあがって
さかまく海の　そのむこう

島はくろぐろとねむってた
くぼんだくらい目で僕をみた
僕はこわくなって　も一度おまじない
風も海からやってきて
ミルクのにおいでつつんでくれた
雌ライオンのあごをなでてやって
やしの木にハンモックをつったら
ここは僕の国
ラッパを吹きならすんだ！
ここは僕の国　古い古い土地に
また季節がやってきて
千年むかしの麦がみのる
僕は城壁を築いて
羊の群れを迎えいれる
ここは僕の国　僕だけの国
でもある夜　空の星がうるみだして

雨粒になったら
いなづまが空をよぎって
ぼくは気づいた
僕がひとりだったことを…

胃ぶくろの中のメロンソーダの夢
やっぱりビールがよかったかしら
でも　もう一ぺんおまじないして
メロンソーダのおかわり

K·Akita

（いつも通りすぎてきた）

いつも　通りすぎてきた
夏の午後をぬらす通り雨のように
白いみちを洗えたら
あとは澱んでゆく
運河のように
いつか　北の山に
二重の虹がかかる時を夢みて

やさしすぎるまちは
心にかげを落とすから
路地の奥に波がしらがうねり
海がぼくを満たす
やさしさの背中を見るのが怖いから

それでそうしてふるえているのかって
ずっと浜まで線路を描いて
波がこわしたらまたやりなおし
島々の空を雲が流れ
太陽が海に眠るまで

いつも　通りすぎてきた
夏の午後をぬらす通り雨のように
カレー粉の匂いのする残照のまちに
雨は似合わないのに

影人

——何故だろう？
私の目は
　こんなにも
　　よく見えているのに
私の耳は
　こんなにも
　　聞こえているのに

幾筋かの　光が流れ　去り
私は影と　刻印され　た

闇の退屈を貪りながら
　でも時々は

もし
　あなたに
　　差しのべる
手が　あれば
　　　　　　あなたに
――触れてもいいですか？

いのちは　触感
いのちは　律動《リズム》

脅えていないで
私が　見えませんか？
　私の心は
　　こんなにも
　　　安らかでいるのに

旅へのいざない

あなたと僕は
旅をするんだよ

闇夜をつらぬく
木箱にのってね

あなたのむこうがわに
青い夜が見えるよ

僕のなかには
記憶が見えるさ

あなたがその手を

差し出してくれれば

オヤスミナサイ

明日をのがれて
白い空に吸われた

オヤスミナサイ
君タチ

眠りはたちのぼり
光は飛び去った

やがて思い出す
遠い昔の夢だと

風は甘く

僕達は生きていたと
オヤスミナサイ
オヤスミナサイ
君タチ

（遠いところで）

遠いところで
燃えている暖炉の火
夜の支度はもう終わり
静謐だけが窓硝子をぬらしています

あなたの姿は見えずに…

遠いところで
風が　流れてゆくのが
ここからも見えます

読書室で

雨のまちに
雨は紗幕を降ろし
アメンボウのように
前のめりなあなたの姿が
昼のわずかな光を
蛍光灯の
緑っぽいあかりと
くらべはじめている　妙に
青白くけむった大気の中を
まるで
水滴が虫のように
飛びまわっているからこんなに濡れるのだといいたげに
はりついた前髪をかきあげて

スロープを
下へ下へ
影を
のばしてゆく
見知らないあなたの姿が
読書室の
窓をとおして
見える
気がする　ぼくの
席に
先刻まで
あなたは坐っていたのだと
思うことが
何になるのか
終業の鐘の音が
かすかに聞こえて

いる

訣別

まひるの光の中で目覚めるために
瞼はとじあわされた
もう帰らない
——永遠に！

うたっていたのはきみかぼくか
まっかな頬をして
生きているのがそういうことなら
それでもいい筈だった、多分。

いま船がきみを待つ
河はどこまでもつづく
気が遠くなるまでブランコにゆられた

あのときのまま。
聞こえないか
船もうたっているのだ
たかくひくく不安なこえで
――きみのために…

そしていま葡萄いろの夕日のむこう
きみが旅立つ
ぼくは橋梁の上にのぼって
見知らないままさよならをいおう

――永遠に！

環状電車の午後

晴れた午後がどこまで続いているのか
ふいに確かめたくなったんだ
環状電車にのって
都会を一めぐり
あきらめきった怠惰なまちは
どこか飼いならされたけもののよう
そういえば交差点で
仔犬が信号を待っていたっけ
シートのうえに木もれ陽がゆれると
電車はホームに流れ込み
買物カゴさげたおばさんが大股で
まるい手足に子供をぶらさげて
日差しが強いから

自分がひろがりすぎてしまうんだ
いつのまにか目は地図のうえに
駅の数を数えだす…

きゅうに眺めがひらけると
彼方にかすむまちが見える
赤い屋根　青い屋根　銀の橋梁
人間のまちはどこまでもつづく
晴れた日の人波は残酷だ
雨ならば
人はみな自分であることに
いそがしい

海Ⅱ

海沿いの道を一駅歩いた
波に白んだ屋根があった
看板を見ると雑貨屋だった
干物の匂いがしていた

ベンチの砂を払って坐った
ビールを注文した
泡が砂地にこぼれてしみた
小蟹がふるえていた

泡ばかりのビールは
にがくてやりきれず
振り仰いだ空は

境界線も見えず
眼下には遠い海
薔薇色に寄せる波
この海もまた青い筈
さざめいて、ゆれ、光る水

テトラポットの渚づたいに
ぼくは歩いた、その先に
風はやわらかに息を吐き
しづかな墓に海は尽き
月がのぼるまで待とうとぼくはおもった
そして手をかざそうとおもった

六月断章

つるばらのあゆみを
見たものはいない
それは
影の姉妹兄弟の目をぬすんでは
すべてくりかえされる
なんてまあ罪なこと！
天には向かわぬ彼らを
縁どる刺繍のよう
彩る　雫たち　彼らもまた
居場所はなく
あるとしたら　それは
ただ
六月

大地と向かいあう
雲の群れのなか
水脈《みお》をさがす　旅をする
不在の季節

ターコイズブルーの
ヘルメットが
モータ　バイクで
走りさる
ひとびとは空を見上げて
ちょっとてれ笑いする
けれども
六月はいつでも
始まったばかりなので

流星雨

——アレガ、オトメ座?

ウン、ソシテアレガカミノケ座ダヨ。アノアタリニハウズマキ型ヤソムブレラノヨウナカタチヲシタ、タクサンノギンガガアルンダ。

——ギンガッテ天ノ河ノコト?

ソウダヨ、ギャラクシイトイウンダ。八十億光年ノ彼方ニアルノモアルンダ、想像ガックカイ?

——ボクコワイ。

(すすり泣きの声が聞こえた。目もくらむような宇宙の広さが恐ろしくて泣くのだろう。)

——星ガ多イネ?

アア。

——ドウシテ、オ星サマハオ空デジッットシテイルノ。動クコトモシナイデ?

星モ動イテイルサ。タダ星ト私タチノ間ハ遠クハナレテイルカラ、私タチニハソレガ見エナイノダ。ソウデモナケレバ星モサミシイダロウ？

（その時、星が流れた。）

――ア、オ星サマガ動イタ。

アレハオ空ノ星トハ違ウンダヨ。宇宙ニ広ガッテイルチリナンダ。

――チリデモ光ルノ？

アア、ソウサ、アノ星ハ降ルコトモアル。

――降ルッテ？

流星雨ッテイウンダ。オ空ノ花火大会ダネ。

（いつのまにか、彼は寝息をたてはじめた。安心したのだろう。私は星降る夜を思いうかべた。）

（かたむいてゆくしし座を見ながら、私はレオニズをこの少年に見せてやりたいと思った。）

海は近い

闇を照らしているのは　ただ
一片の氷山　そこだけの輝き
壜の底に眠る　天狼星と
海月のような街燈が
そこ　ここを明るませ
女たちの白いレースが
風を孕んでいた

天狼星は冬の闇の
凍てつく寒さとともに
ひとはその眩しさに
ひとの孤独をおもい

あの青白い炎が
贖罪の印のように
この掌で燃えてくれたら…

天狼星は地上を眺めていた
生と死との記憶を砂にうづめ
太古から繰り返される歌垣の
海は近い…

デジャ・ヴュ

何処までもまっしろな　氷原
そこだけ暗くあいた　沼たち
清浄で　静かな…　白鳥の死

果てが　ない　ということは
やはり　さみしいのだろうか

風が　きれぎれに悲鳴をあげ
丘を渡ってゆく　篝火は燃え
葬儀の列は　無窮の森に続く
それは　私の葬列かもしれず

ひとを　弔うという　ことは

いつでも　無窮なのだろうか

無限の氷河の上に　揺れ漂う
舟に縛れた　囚のようなもの
瞬間のくるめきに　身を投げ
あとは業火が屍を焚きつくし
つくしても　時の牢は開かず

忘却の河を隔てて　君の呼ぶ
声　君は秘密の地図を何処へ
忘れてきたの？おさない君は
死んでしまった　君は迷子で
だから　夢の中で一人歩きは
いけないといった　筈なのに
やさしさは行き場を喪くして
背負うべき　十字架も　ない

深いかなしみを埋める　雪に
また　年が暮れ　あらたまり
私たちは　北を指して旅立つ

何処までもまっしろな　氷原
そこだけ暗くあいた　沼　に
一羽ずつの白鳥をちりばめて
私たちの　無窮の刑罰が続く
それもまた　瞬間に過ぎない

アルビレオ

ひとりはさみしい
ふぉーまるはうと
みなみのうをの
うをのくち
ふたりでいてもさみしいの
青ときいろはひとつになれぬ
ぎんがの中の
アルビレオ

植物園

増幅された日光と
鳥たちのさえずり
心地よい湿度と芳香に充ち
僕たちを招いている
草花たちの眠り
彼らは飽くことを知らず
太古から
まるで別世界の入口みたいだねって
するとあなたは
小さく笑った

見られているのは
どちら

そして
花園は
今日も育ってゆく…

戯唄

藍色にふかい
何時か見た
うみとそらの色
永遠へつらなる
思い出のような

風と影の囁き
きれぎれの言葉　もう
繰り返すこともない
敬虔な祈りにも似た
恋の記憶

さいはての土地

東雲《しののめ》の空に
水星が輝くとき
せめて　ひととき
そばにいてほしいと

台風の目のなかで
ちいさくなっていた二人
土の匂いがして
手だけが冷たかった
遠い日

菜の花のはたけに
虹の橋――ぽつんと一つ
主《ぬし》のない傘
ねえ　あの子はだれ
野の中に一人で

はてしれぬ荒野を
ひとりで歩く
ふり返って
平原のはるかむこうに
炎が燃え立つのが　みえる

迷い児になって
見知らぬ土地を彷徨《さまよ》い
昔のひとを探す　まるで
迷宮を行くような
森の狩人

山の辺の空に
弓をさかしまにして
夜半《よわ》の月が昇る

駱駝の背につかまって
流砂の中を歩むとき
流刑《るけい》の地はまだはるか遠く
列からはぐれて
路傍に体を休める

私は一人　星に祈り
を捧げよう
ん

世界 (2018)

世界

うごいている
何かが
視界のかたすみで、(——あれは)
さみどり色した、大きな木
が
音もなくただ(風に)ゆれ動いているのだ

音は
二重硝子の窓にさえぎられて
届かず、(ぼくは)へやの中から
それを見ているのだが

ぼくは

そこにいて
同じように
（風に）吹かれている
のだ

邂逅

目ざめたときに
僕のとなりで
しずかに呼吸している
いきものよ

おしえてくれないか
君は何処からやって来たのか

僕は
僕は何処に行くのか

きこえる

新緑の下は
生命のはぜる匂いと
音
虫たちの羽が立てる風と
音
木下闇《このしたやみ》では
どこかから水の滴るような音
幹の中を
樹液が流れる音
いとしいものの囁く声
が
きこえる

その道は

その道は
海へと続くみち
石の多い
白い道
なみがしらと
入道雲が見える
夏の道

その道は
海へと続くみち
緑色の風の吹く道
セミシグレの降る
夏の終わりの道

その道は
もう辿ることのない
道

糸

色つきの夢を見て
目覚めた朝
ふと思う
それは赤い傘とか
青い鳥とか
ことば　を
頭に描いただけなのか
でも
天然色映画のような
風呂屋のペンキ絵のような
妙に鮮明な夢を見た覚えもあり
すると　色は
脳の中にある

無数の脳には無数の色があり
僕の鴇色《ときいろ》が
君のと同じかどうか
それより
僕の見ている鴇色を
君も同じように見ているか

つまり
ことばは糸で
それぞれの糸が
もつれからみあって
色をつむぐ

そうして僕らは
朝の食卓で

総天然色の夢を
つむぐことができるだろうか

春の墓

桜が終わって
晴れた日が二三日続くと
蜃気楼が出ると教えられて
僕はこの岬の突端まで来た
葛や蔦を払い
たどり着いた岩場の
わずかな窪地に
小さな墓があった

どうしてこんな岩場に
墓を作るのか
花もなく
卒塔婆は潮風に朽ち

砲弾を象った墓石もあった

僕は墓石に腰を下ろして
蜃気楼を待った
時折わけもなく
沖に向かって
まっすぐに泳いでみたいような気がしたが
足は動かなかった

墓石の角は取れ
土埃に文字も読めない
砲兵隊員の墓なのか
こびりついた埃
これもいずれ
何かの骸《むくろ》だ

そうして
空が茜色に染まる頃
僕はあきらめて
同じ道を帰ったんだ
ただそれだけの話だ

海Ⅲ

とても永い時が過ぎて
僕はここに来た
河のように永い旅をして
再びここに来た

この昏い海に
（実際そこは寂しい入江に過ぎず）
強い潮の（塩の！）匂いがする
同じ空の色
（ここがほんとうに同じ場処なのか）
同じ光と風　そして
影
（ここにいるのは、同じ僕なのか）

今　月が昇る
ひときわ大きな満月が
今　波が寄せとよもす
波間に夜光虫がともる

何もかもが違い
何も変わらない
僕はここまで来た

詩人の碑《いしぶみ》

かたい岩肌に向かい
汗みずくになりながら
重い鑿と玄翁をふるう
そんなにして
いったい何をゑりつけようというのか
——それは月の石かい？

目を血走らせ
血反吐さえ吐きながら
いったい何を残したいのか
（有限の中の無限
そいつは鏡の中の鏡だ）
無窮とは

シジフォスの苦役さながら
そう、無間地獄の焦熱だ
――ランボオは永遠を見たのか?

かつてお前の同類は
一塊の蝮より疎まれた
癲狂院の牢《ひとや》に繋がれた
それが
今のお前はまるで精神の石工

それでも
まだあきらめないのか
そんなにもお前は執念深くて

狂詩

風が異議を表明している
ドップラー効果！
ドッペルゲンガー！！
ドンブリ勘定！
ドン・ペリニョン！！
犬が虚空に吠えている
隔靴掻痒！
葛根湯！！

鴉が世界の終わりを告げる
粉骨砕身！
粉飾決算！！
返品の山に
翩翻と国旗がひるがえる

シェ・ヌー

今宵できますものは
蚕豆《そらまめ》の焼いたの　フキの含め煮
からすみにこのわた
いい稚鮎も手に入ったよ
さあさ　まずは一献　よく来てくれた

大分あったかくなってきたから
窓を開けようか
煙草も自由にどうぞ
僕はやらないけどね
ゴロワーズぐらい
あるとよかったんだけど

遠くで列車の音が聞こえる
あれは貨物が通るのさ
ワムワラワムワラトキトキトキ
ワサワサトラトラ

島焼酎はどうだい
ワインが飲みたいって
勿論　あるよ
とっときのプイイー・フュメ　きりっと辛口

いつの間にか陽が落ちて
月が昇った
何か話したげな月が
こちらは話すことの一つもない
それでいいのさ　勿論ね

風は昔を運んでくる
列車の音は好きだよ
ローセキで舗道に線路を書いていた子供
それが僕だ
何年たっても変わらないよ

童心に帰るっていうけど
昔と何が違うんだろう
僕はあの頃のままさ
帰る必要もないね

さて　お造りはワラサです
サワラじゃないよ
出世魚だって
出世にはどうも縁がなかったなあ

どうにも大分酔って来た
明朝意あらば琴《きん》を抱いて来い
重たき琵琶の抱き心地
僕は楽器は出来ないけど
ピンク・シャドウでも歌おうか

そろそろ飯にしよう
むかごご飯に自然薯のとろろ
香りのいいほうじ茶もつけるよ
一炊の夢って本当だったんだなあ

これに懲りずに
また来てくれるよね
わが家へようこそ
きっと来てくれよ
ほんとうはシェ・ムアだけど

寂しいからね
シェ・ヌー

註　ゴロワーズ…フランスの煙草。香りが独特（らしい）。後のプイイー・フュメもフランスの白ワイン。この主人はどうやらフランスかぶれと見た。

ワムワラ云々…貨物列車の車両記号。ここに詩を見出した先達は中井英夫。「悪夢の骨牌」参照。

明朝意あらば…李白の七言絶句の結句。なお、普通は「抱きて来たれ」と読むことが多い。

重たき琵琶…与謝蕪村の発句のもじり。正しくは「抱きごころ」

ピンク・シャドウ…ブレッド&バターの岩沢兄弟の楽曲。

ジュ・トゥ・ヴ

その春闌《た》けた庭に足を踏み入れたのは
どこかでピアノが鳴っていて
何度も何度も同じところでつっかえては
また繰り返していた　その
音を追ううち
少しだけ荒れた
真っ白な壁に蔓草が這う
花の多い庭へ
僕は迷い込んだのだったか

壁のストゥッコのくぼみの陰翳に
永い時がわだかまっていて
はびこった蔓薔薇の白い花弁から

白い蝶が一羽
そうだ　あれはサティか
曲の名前は思い出せないが

白い蝶は跛行《はこう》するように羽ばたいて
開いた窓の中へ
消えた
するとそこは赤い壁紙の部屋
長い黒髪の女が
立っているのが見えた（気がした）

赤い部屋の中には
薄い部屋着だけを着た
輪郭のはっきりしない女が
黒目がちの眼をして
すべての女の声で訊いた

――私と寝たい
あいまいに頷いて僕は女に近づいた
女の手が僕の頭をなぜた
――白い蝶は霊魂の象徴なのよ
　あなたは霊魂の不滅をお信じになる
答えられずにいると
部屋じゅう昏い海になった

あたりの空気が液体に変わり
僕と女は結ばれたまま
一緒に全て溶かされてしまった
それでも女の豊かな腿の張りと
乳房の重さと
背中に食い込む女の爪だけは
覚えている

むせるような生命と　死の　匂い
体温と体液　いやこれは　羊水なのか
そうかオレは生まれる前に戻ったのかと
気付いた

そのとき
曲の名前を
僕は思い出した

K·A

足音　または　雨

蕭蕭と雨の降る春の朝
内耳の奥に　頭蓋の中に　寂しい音を聴きながら
かすかな予感に震えていた
そして思った通り
漆黒の花弁が流れる雑踏で
親しい足音を　僕は聞いたのだ
今　振り返れば捕まえられるのに
振り返ることができなかった
——いつもそうだ
地下鉄の構内できみの視線を　感じた
すれ違う電車の窓の中に
きみがいた
きみはすべての場面に

サブリミナルに写り込み
少し斜視がかった眼で
僕を見ていた
つらく　苦しい夢の中でも
僕はきみを追いかけた
――暗い日　雨に降りこめられて
母を待っていると
きみがいた
黄色いレインコートを着た　少女の姿だったが
それでも
僕にはきみがわかった
「…わたしを探して」
いつでもそばにいるくせに
追うと逃げる
排気口から立ち上る水蒸気の中
僕はきみを追った

千万語を費やしても何も語らない
ことばの迷宮の中で
きみを探し続けた
雨音の染みついた街の
低い屋根と窓明かりの中
きみの足音を追い続けた
街灯の下では注意が必要だ
道は曲がりくねり
ときに視界が開けたが
振り返ることはできなかった
夜の公園に　ひとり忘れられているはずの
きみに気づかれないように
汚水だめに足を凍えさせ
足音に耳をすませた
風はかすかに排泄物の匂いを含んで
——つまり　体温が感じられ

丸まってあったまりたかったが
きみを見つける方が大事だった
こんなにも　きみを求めているのに
すぐそばにいるのに
「…わたしを探して」
そこにはいつも
きみのしるしだけがあった
暗渠に通じる小川にも
丘の上の教会から聞こえる　鐘の音にも…
時折どうしても振り返りたくなるが
やはりできなかった
僕はきみを追いかけているのに
きみに追われていることにも気づいていたから

長い雨が上がり
夜明けを告げる鐘が鳴り響く

鳩の群れが　一斉に飛び立つ
教会の屋根の上に
のっそりと昇る太陽の真ん中に
きみがいた
少し斜視がかった眼で僕を見ていた
光芒に貫かれ
僕は深い地の底に沈んでいった
もう　これできみに会うこともできない
なんだかとても　ほっとした

メイ・ストーム

五月は嵐の季節　日は傾き
鯨幕を揺るがせて吹く風に　空は暗む

虎落笛《もがりぶえ》の音を立てて
つむじ風は走り回り
緋色の花びらどもが風にちぎれ飛ぶ
五月の薔薇の
甘い匂いが私の顔を搏《う》つ
湿った重い風は
海から来るのか
シレーヌの声のように
私を誘う
緋色の花びらどもは

雨に打たれ
強い香りを放つ

喪服の似合う五月
私も私の枕も
今は薔薇の香りに包まれ
花に埋もれて一人
私も眠ろう
外の嵐を聴きながら

夏からの手紙

一番熱かったあの夏から
手紙が届いた
麦藁帽の夏
つめたく冷えたセヴンナップ
瞼の裏はオレンジ色で
貝や珊瑚のかけらが
足の裏で鳴っていた
あの夏から

かすかに汐の匂いのする
陽に焼けた封筒を
震える指で開けた
そのとき

波が砕ける音を
確かに聞いた

それは私の胸の
とどろきだったのだろうか
何度も封筒を振ってみたり
耳をすませてみたりもしたが
もう音はしなかった

あの夏を思い出す
月明りで泳いだ
海の中で抱き合った
こんな毎日が
何も特別なこととは思わなかった
あの美しい夏

こちらは冬
窓の外は鈍色の空
見わたす限り銀色の林
葉を全て落とし尽した風の刃が
私の素肌を抉っている

鷗

甲板で風に吹かれながら、鉛色の海を見ていた
…おとうさん　ぼくはいつか死んでしまうの

「それはわからない」
わからないはずがあるか、五十年も生きてきて、お前は子供にこんなことしか言えないのか　でも正直に答えるなら、他に言いようはない
「お父さんにわかるのは、私もお前も、今は生きているということだけだ　先のことは何もわからない」

…でも、おかあさんは死んじゃった　死んじゃった人はもう何も思い出さないのかな　ぼくのことも　教えてくれたあやとりのことも

「それもわからない」
どうしてそんな風にしか話せないのか　海で死んだお前の母親は　たとえばあの鴎に生まれ変わったのだと　そう言えればいいのに　それが真実かもしれないのに
…ぼく　忘れたくない　もしぼくがずっと生きていたら　ぼくは忘れちゃうのかな　おかあさんの顔も　おかあさんのにおいも
「忘れてしまう」
そう忘れてしまう　私が母のことを何一つ覚えていないように
…もしぼくがずうっと死ななかったら、ぼくは一人きりになってしまうの
「どんな人ももともと一人なのだ」
…さびしいよ

「さびしくはない」
そう寂しくはない　誰もいなくなったとしても、たとえばあの鷗がいるから
甲板で二人、風に吹かれながら鉛色の海を見続けていた

あなたへ

Ⅰ

みどりいろの
つばひろの帽子
白いおおきな
貝の耳飾り

木漏れ日が
ゆれている
卓のうえに
開いたままの洋書

店の中の時計の
針は　さっきから

正午を指したまま
止まっている

サガンがお好きなのですか

みどりいろの
ペリエの小瓶
コップのなかの細かい泡
ライムとストロウ

のどもとが
顫えているのが
かすかに　見える
か細く　白く

きゅうに　風が吹くと

読みかけの本は羽搏き
文字は　空に
吸いとられてしまう

そして　あなたは歩き始める

Ⅱ
すでにあなたは歩いている
いつから歩いているのか
あなたは知らないし
知る必要もない

古拙時代を思わせる
石畳の道に
硬い靴音を響かせて
背筋を伸ばし

ただ前だけを見て　じつは
何も見えてはいない
あなたは見られるために
作られているのだから

空を切り裂いて燕が飛ぶ

この遺跡に似た世界は
生まれる前からあり
死後にも続く
それは確かなこと

もう一つ確かなのは
あなたがうつくしいこと
あなたがそれを
知っていること

魔法の靴を履いたように
もう留まることはできない
だが　どれだけ歩いても
あなたの外へは出られない

…時が再び流れ始めたので

Ⅲ

木霊のように
等間隔に続く
円柱たち
ここは化石の道

灯ともし頃
歩き疲れて気付く

探していたものは
ここには埋まっていない

終わらない物語は
内から崩れ去るから
靴の魔法がとけて
あなたは立ちすくむ

もう帰らなくてはならない

陽が落ちきるまえに
一人の旅行客にもどって
大理石の広間を横切り
部屋の鍵をもらう

ふと窓に映る黒い影は

廂の下の　巣に戻った燕
これがあの時の燕ならば
あなたは今日を終えられる

シャワーを浴びて三穴を浄め
ひと眠りしてから
読みかけのサガンを持って
ホテルのバーにおもむこう

…あなたは今夜　受胎するだろう

Ⅳ

烏賊墨いろの
敷布の海に
あなたは笑いながら
溺れてゆく

吐息を交換する
その熱さに
あなたはたじろぐ　ほのかに
アルページュが香る

ベッドのわきに
白い耳飾り
旅の途中に訪れた
海辺の村であがなった

…それはいにしえの貝の骸《むくろ》

古代から続く
命の連鎖
そのアルゴリズムに

あなたは身を投じた

生まれ、交わり、産む
そして死ぬ
あなたはやがて女の子を産み
その手を引いて旅をするだろう

店のなかでは
一人の男が
空の椅子を眺めながら
もうずっと坐っている

そう　わたしはあなたを見続けている

海峡

高い処の眺めは格別ですなんて
なぜかそんな台詞が
口をついたけれど
確か梶井基次郎だったたっけ
眼下にはミルク色の靄が立ち込めて
笑えるくらい何も見えない
それが現実
せめてポケットに
レモンの一つでもあれば
投げ入れて霧の深さを確かめたいのだが
勿論そんなものはありはしない

ここは海峡を望む丘の上らしいが

対岸も　対岸にいる（はずの）君も
なにも見えない
濃密な舌のような雲が
木々を舐めているだけ
それでも僕は詩人なので　いや　つまり
詩を書く人なので
言霊の力を使って
思いを届けてみせよう

――・・・・・――

応えは聞こえない
僕はコートの襟を立てて
何となくポーズを取り
今度は寺山を気取ってみるけれども
ポケットにマッチの一箱も

勿論ありはしないのだった

十のソネット

1（新世界）

散歩の途中で
新しい道を見つけた
柘植の生け垣の真ん中に
新しい道はあった

人一人がやっと通る道
土の上に落ち葉が散り敷いている
歩くうち両側は竹矢来のようになり
ハガキ大の青い空だけが見えた

気付くと明るくなっていて

刹那に一面のヒマワリが
僕を迎えてくれた

心地よい風も吹いている
歩き続ける僕のために
世界は今作られている

2（メランコリ）

悲しいことなど一つもない
体はどこも悪くない
それなのに目覚めたときから
心が重く閉ざされている

昨夜はごちそうをたんと食べ
ゆっくり寝足りた
空は何処までも澄み渡り
子供の笑い声が聞こえてくる

枷をはめられたような体
忘れてしまった夢のせいなのか
もう取り戻せない夢

誰か大切な人と別れた夢を見たのか
ならばもう一度眠るしかない
夢のない健やかな眠りを

3 (愛すること)

私の眼窩《がんか》にぴったりとはまる
大きさとかたちのお前の乳暈《にゅううん》を
うつ伏せになった背筋の描く曲線を、そして勿論…
私はお前のからだを愛した

一人満ち足りて眠るお前の顔を
じっと見守ることを私は愛した
衰え損なわれてゆくお前を、やがて消えてしまうお前を
私はいつも遠くから愛した

お前のこころとからだを愛した
千人のからだに一人のお前がいる
一人のからだに千人のお前がいる

お前のこころとからだの前で
私はどこにもいなくなる
からだはこころの容れ物ではない

４（こころ）

僕は君と森を歩く
翳りのない青空を見上げると
体ががらんどうになったようだ
この時　こころは胸と腹にある

光るものを見つけ走り出す
谷川が飛沫《しぶき》をあげている
僕の足は冷たい水を求め
靴下まで脱いで浸したくなる

君の髪に触れたいと思うとき
こころは僕の掌《たなごころ》に
こころは僕の中のどこにでもある

君のこころが
今どこにあるのか
それは僕にはわからない

5（雨の降る日）

透明な傘の下から
落ちてくる六月の雨を見ている
雨粒は傘の上で繋がり、また別れる
まるで分水嶺のよう

「…雨が降る日は
なんとなく嫌いじゃないわ
何かが空からやって来るようで」
誰からいつ聞いた言葉だろう

待っていれば
何かはやって来るのだろうか
雨だれを聴きながら

空気の密度が濃くなって
暑い暑い夏が
今年もまたやって来る

6（朱夏）

ダンスは上手に踊れないが
生きていくことは難しくない
複雑なステップは覚えられないが
呼吸の仕方は忘れない

だがこの熱い大気のなか
一呼吸するごとに
魂が縛りつけられる
いま　生きている自分を思う

暮れなずむ空を見ていると
わたしというものがひろごり
縛られた魂があくがれ出てしまう

暮れなずむ空の下の何処かに
行きなずむ人びとがいて
生きなずむ人びとがいる

7（遠花火）

遠くの夜空に花火がひらく
遅れて届く　太鼓のひびき
音はいつでも遅れてくる
そして追い抜いてゆく

思い出もいつも遅れてくる
家族が茶の間に集まって
ローソクの灯りを一つだけともし
じっと体を寄せあっていた夜

青い稲光と　雷鳴の間隔を
息をひそめて数えていた
嵐が通り過ぎるまで

遠い夜空に花火がひらく
音が遅れてわたしに届く
思い出はいつも追い抜いてゆく

8（墜ちる）

墜ちる　僕は墜ちる
背中に月の光を浴びながら　そして
僕の目は　はるか遠くに
輝く星を　見つめながら

それは　受けとめる
やわらかく　そして　あたたかく
そのときそれは　光を見るという
僕はただ　昏いまま

音楽がおこり　またやむ
それはただ静かに眠り続け　そして
僕は再び　飛翔を夢みる

墜ちる　僕は何度でも墜ちる
それはやわらかく　受けとめる
それは海それは波　そして　君

９（花）

花が　うつくしいなどと
だれが言ったのか
むしろ凶々しく
畸形じみたその　かたち

虫たちを誘いこむ
たくらみにみち
とらえたら二度と
離さないその　うろ

淫靡にけぶる　しべは
太古から続く
深い眠りに招く

昏く照り映える　花の
その　陰翳の深さを
ゆめ見誤ってはならない

10（たそがれ）

島々のたそがれ
あらゆるものたちが
輪郭をなくし
無名にもどってゆく

薄明のなかに
島を繋ぐ橋だけが
くろぐろと残る
孤独なたましいを結ぶ架橋

夜に飛ぶ鳥がいる
燈台の光を目指し
夜明けの光を目指し

やがて神々のたそがれ
世界の終わるときも
鳥は飛ぶ　たましいは叫ぶ

遠い旅

前照灯の明かりで
進行方向が見える席に陣取り
前に伸びる線路を見ていた
さっきまでガラス越しに
猛烈なスピードで飛び退って行く灯火と
遠景に山の峰と雲の峰が
溶け合って見えていたような気がするのだが
それがいつのことなのか
いつの間に切り替わったのか
気が付くともう
目の前はずっと真の闇だ
知らぬ間にトンネルに入ったに違いない
それにしても暗すぎる

線路が見えない
何の音も聞こえない
この列車（列車?）は本当に走っているのか
僕はいつから何のために
この列車（列車?）に乗っているのか
それも何ともおぼつかない
乗った時のことが思い出せない
それに
いくら何でも
このトンネルは長すぎるのではないか
本当にトンネルなのか
だが
この懐かしい感じは
やはりトンネルだろう
まるで産道のようなトンネル
もしかして

時を遡行するトンネル
目的地は何処だろう
進行方向が見える席で
ぼくはじっと目を凝らした

郷愁

全く覚えてはいないのだが
こういうことがあったはずだ
まばゆい灯りをともした　縁日の夜店で
まがい物の珊瑚の玉のついた
綺麗な簪を見つけて
買ってと母にねだったことが

母は笑って取り合わなかったろう
「お前は女の子ではないのだから」と
その時僕はこう思ったはずだ
「それなら僕は少なくとも
女の子ではないのだ」と

こういうこともあった気がする
腺病質ですぐに熱を出す僕が
四畳半に延べた布団に寝かされて
天井の木目を睨んでいると
風のいたずらか　不思議なほど近くで
友たちの遊ぶ声や　走り回る音が聞こえたことが

その時僕はこう思った気がする
「どうして僕は彼らと
一緒の場所にいないのだろう」と
そしてこうも思った気がする
「今いる場所はいったいどこなのだろう」と

そう
いつだって
僕は「何か」ではないものだったのだ

そしていつだって
「そこ」にはいないものだったのだ

そうして今になって
自分は何ものかと問いかけるとき
一度も手に取ったこともない
桃色の珊瑚の簪が
心のなかに浮かんでくるのだ
不思議なことに

蝶

僕は行かないよ
たとえば晴れた五月の巴里になんか
僕は行かない

たとえば雨もよいの六月の空の下に
一人垂れ込めていても
捕らわれているのではない
僕はただ任意の一点にいるだけだ
それが任意ではないにしても
この宇宙の中では
ほんのわずかな誤差にすぎない

ことばの発明が

人を虜囚に変えてしまった

降り始めた雨の中
ひらひらと
蝶が飛んでる
危なっかしそうに
雨を避けながら
蝶が飛んでる

二つの夏

一日ぶんの熱をため込んだ体
髪から立ちのぼる日なたの匂い
両手の指を絡めてつなぎ
墜落の予感に身構える　そのとき
ふと心の中に入道雲がわき起こる

田んぼの中のまっすぐな道を
虫捕り網を持って駆けてくる少年
「逃げろ、逃げろ」
追いかけてくる雨
黒い影が少年に追いつく

まるで日差しそのもののような

熱い雨を浴びて
少年が叫ぶ――音が消える
やがて　地面を撫でていく風
通り雨の後で

青白く見える腹の上に
汗の粒が光っている
カーテンを揺るがせて
夜風が入って来る
――一斉にセミが鳴き始める

夜明けにはまだ少し間があるようだ

宇宙についての覚書

1

この宇宙に意味はない
とりあえずそう決めよう
勿論
その宇宙にも、あの宇宙にも
どの宇宙にも意味はない
並行宇宙はまた別のテーマだが
それも含めて意味などない
宇宙はただあるだけ
偶然は必然で
必然は偶然だ

2

《どうして空は青いの？　おかあさん》
――息子よ、空は青くなどありません　夕には橙に夜には黒に
朝には紫に変わるのです　空は青くありません
《じゃああの青い空は、本当はないの？　おかあさん》
――息子よ、よいところに気がつきました
あの青く橙で黒くて紫色のところに、人間がそらと名を付けたのです
その前にはそらなどなかったのです

3

2018年6月30日（土）酷暑
久しぶりに新宿に出て、
「万引き家族」を見に行った
歌舞伎町の裏道を歩いていると、
劇場に着くまでに七人の客引きに声をかけられた
映画がはねた後、西口の居酒屋「吉本」に行くと、

今日で店じまいだという
そのあとカラオケに行き、
井上陽水の「今夜」を歌った

4

某日、何十兆個もの微粒子が
宇宙から降り注ぐ夜
天体望遠鏡を持ち出して
都立O《オー》高校のプールサイドで
土星の環を見ている
視野の暗さに目が慣れたころ
鏡筒からはずした右目が
水面にかすかな光をとらえた　あれは
チェレンコフ光？
そんなはずない
仮にそうだったとしても

別に意味なんかない

5
クラムボンがかぷかぷ笑っても
火星人がネリリしても
そこに意味なんかない
犬の遠吠えは病気のせいでも、飢えのせいでも
どっちでもよろしい
蒼空、蒼空、蒼空、蒼空
大鴉がネヴァーモアと叫び
ゴドーは決してやって来ない
なんか文句あっか

6
自棄《やけ》になっているだろうって？
そうかもしれないし

そうではないかもしれない
意味を解体するところから始められた世代は幸せだったと思う
だけどラグビーボールにキャメラを仕込んだところで
眼がぐるぐる回るだけぢゃあないか
それならいっそのこと意味なんか
初めっからないと
瞑目する方が
よっぽど潔い

7

僕が小学校に上がる前の年、我が家は引っ越しをした。転居先は首都から放射状に延びる住宅地の最先端部に位置していた。未舗装の県道にはとぐろを巻いたままダンプカーに轢かれた蛇が点々とおせんべいの様になっていた。そんな周縁地域の中でもさらに最前線に立地した我が家の辺りは、夜は懐中電灯なしには外も歩けなかった。犬の遠吠えも生まれて初めて聞いた（犬が病気なのか、飢えているのかはもちろんわからなかった）。我が家は段丘の上にあり、ほんの百メエトルほど行くとその縁に出た。初めてそこに立った時のことを昨日のことのように覚えている。そこはまるで海に突き出した岬の様で、見下ろすと眼下は果てしなく続く田園だった。足がすくみ、気付けば涙を流していた。幼かった僕にとってその田園はまさに宇宙だった。――実際にはわずかその四年後、大手電鉄会社によってその田園は埋め立てられ、宅地となるのだが。

8

大切なことなのでもう一度言う
この宇宙には意味はない
そして意味のないところには
奇跡は起こらない
ちょっとしたアナロジィや、コインシデンス
不思議な暗合に
人間が言葉の網を掛け
神話を作った
ただそれだけのこと

9

盆踊りの夜。浴衣姿のさなえちゃんが、僕の手を引いて猛烈に走って行った。さなえちゃんは活発で物知りな僕の従姉で、切り揃えた髪がとても可愛らしい。

あのお星さま知ってる？　あの蒼い。きよしくん。

あれはこと座のヴェガだろ。

本当に蒼いのねえ。見ていると胸が冷たくなるようだわ。

でも、蒼い星の方が本当は熱いんだよ。

嘘。

嘘じゃないさ、ワタナベ先生が教えてくれたんだから。

さなえちゃんは不服そうに僕を見た。その目はまるで蒼く燃えているようだった。さなえちゃんは僕とは違う生き物なんだ。――その時理解した。

10

テレヴィを付けたら
いきなり小学生ぐらいの女の子が大写しになり
「生まれてくる家、間違えたー」

と叫んでいた
・・・・
なるほどね
僕も生まれる星を間違えたかもしれない

11
地球の大気の組成と
光の波長の組み合わせが
あの青い空を作ったのだ
必然は偶然で
偶然は必然だ
その青い空に
詩人は憑かれた
そこに意味などはないにしても

12

7月28日　皆既月食
　　　　みずがめ座δ南流星群極大
7月31日　火星大接近
　　　　やぎ座α流星群極大
8月13日　ペルセウス座流星群極大
8月18日　はくちょう座κ流星群極大
（2018年7・8月の天体ショウ）

13

僕は「岬」から谷に降りることを覚えた（いかにも危なっかしい石段があった）。一人田園をあてどもなく歩き回った。気持ちのいい野原もあって、よくそこで横になって空を眺めた。僕の背中の後ろでは、固い大地が、万力のような確かな力で僕を引き留めているはずだった。僕は空の高みを——確かにその頃宇宙の果てと信じていたそれを、見極めようと目を凝らした。あくまでも高いアイアンブルーの空、それが一瞬凍りついて一つの水面になる。それは碧いろの地平となって、目の前に立ちふさがった。と、すぐにそれはオオロラのように揺らめき、そこに群青の空間が広がった。僕の体は大地を離れ、吸い込まれてゆく、墜ちてゆく。僕は踠いた。自分を支えるものを探そうとした。宇宙に吸い込まれる。――短い、そして永い意識。我に帰った時、僕はあたりの草を強く握りしめていた。

14

もうお気づきのことと思うが
（気づかなかったとすれば僕の語りが拙いせいだ）
実は宇宙は二つある
並行宇宙の話ではない
僕たちの外の宇宙と
僕たちの内にある宇宙のことだ
内なる宇宙は外の宇宙と相似をなし
大きさもおおむね同じだ
今現在１３７億光年以上
そそっかしい人は
大きさが同じなら合同じゃないかというかもしれないが

僕はおおむね同じと言ったんだ
実際には少し小さい
私見ではそれは時間と関係している
内なる宇宙の寿命はひどく短いのだ
（実際宇宙の広さが時間と関係するというのは今や常識だ）
これは余談だが
内なる宇宙の空も青い

15
そして僕たちは
それぞれの内なる宇宙の中で
意味を探す旅をしている
（具体的には映画を見たり、酒を飲んだり、カラオケをしたり、土星の環を見たりしている）
時々詩も書いている
というわけでこの長い詩も

（詩？　これが？）

そろそろ終わろうと思う
詩にすることを諦めたときに
見たこともない景色が
見えるかもしれないから
そこに意味などないにしても

反歌

そして
心から最も遠く離れた
その遊星の上で
とある昼下がり
あなたは僕を
待っていてくれたのだ

「宇宙についての覚書」についての覚書

そもそも読まれることを想定していない作品に注釈をつけることに何の意味があるのかわからないが、「覚書」の本来の意味は備忘にある。覚えているうちに書いておくのもいいだろう。

3 「万引き家族」は是枝裕和監督の映画、この年のカンヌ映画祭でパルムドール（最高金賞）を受賞した。「吉本」は居酒屋研究家の太田和彦氏が何度も紹介した名居酒屋だったが、この日をもって閉店した。この日訪れたのは全くの偶然だった。「今夜」は井上陽水の一九七九年のアルバム「スニーカーダンサー」の収録曲。

4 都立大崎高校に在職していた頃、科学部の顧問をしており、プールサイドで天体観望会をしたことがあった。チェレンコフ光云々は言うまでもなくただの与太。

5 引用は順に、宮沢賢治「やまなし」、谷川俊太郎「二十億光年の孤独」、萩原朔太郎「遺伝」、マラルメ「蒼空」、ポオ「大鴉」、ベケット「ゴドーを待ちながら」。

6 ラグビーボールにキャメラというのは、寺山修司がやった筈で、確かに観た覚えもあるのだが、インターネット等で調べてもわからなかった。僕の記憶違いかもしれない。

7 我が家は僕が六歳の時、千葉県柏市に転居した。ここに書いたことは、記憶の増幅作用（？）による若干の誇張はあるかもしれないが、ほぼ事実である。

9　一歳年上の従姉の早苗ちゃんは、小学生の頃毎夏我が家に遊びに来ていた。一緒に盆踊りにも行った記憶があるが、ここに書いたのは完全なフィクションである。もし今彼女がこれを読んだら、気分を害するかもしれない。

10　調べたところ、これは「完熟フレッシュ」という名の親子漫才のネタだった。この女の子はとても幼く見えたが、小学生ではなく中学生だった。

11　この詩人は前掲のマラルメ。

反歌　この短い詩は、「宇宙についての覚書」とは全く無関係に作ったものだが、続けて置いてみるとゆるい繋がりがあるようにも思えた。そこで、長歌の後に反歌を付けた古代のひそみに倣い、反歌と名付けてみた。

盂蘭盆《うらぼん》

まるきり深い鍋の底で
炒りつけられているようだ
かなかなやらにいにいやらが
空から降り　地から沸き
おまけにしつこい蚊につけ狙われ
寝返りばかり打っている

昨夜は下戸の兄を相手に
昔話をしていると
突然母が耳元で
「あんたはいつでも飲みすぎる」
父はただ
ただ黙って座っていた

生者と亡者の垣根が
低くなっているんだ
それでも蚊に悩まされるのは
生きているからなんだな
さっきから蝉の声に
時季はずれの鶯まで加わり
みんな懸命に生きている

記録的な暑さは今日もつづく
半減期はまだまだ遠い

色の名前

思い出す遠い夕べ
山際の空を染める
不思議なせきちく色の夕映え
思い出しているぼくは
あのときのぼくと
記憶だけで繫がっている

見ているうちに空は
あかね色にまたすみれ色に
色を変えていた
色の名前はただの言葉
言葉は意味の残滓だ
そこにはぼくはいない

帯雲のように層をなして
はなだ色それから
おなんど色に
思い出している今の
この一瞬を切り取ったところで
そこにもぼくはいない

思い出すという
その行為の中だけに
ぼくは存在する
思い出すぼくと
あのときのぼくを繋ぐ
記憶の糸の上に

ただ一度だけの

遠いあの夕焼け
ぼくは確かにそこにいた
すずめ色の黄昏
すべての音が消える
やがてぼくはいなくなる

K.A

虹

白い入道雲のまぶしい白さ
緑の夏のなかを歩く
歩くたび
体が右に左にかしぎ
そもそも平らな大地などはどこにもなく
この夏はいつもの夏と似て
やはり
いつもの夏とは違い

なぜか心がざわざわとして
目を上げると　そこに
虹の柱があった
雨上がりでもないのに

木々の間から立ち上がった虹
根元だけの半分の虹
この虹は僕のなかに　ずっとあった虹だ
僕が待ちのぞんでいた虹だ

この前　虹を見たのはいつだろう
いつから僕の心には
虹が棲んでいるのだろう
途中で切れた虹を見るうち
何故だか少し不安になる
思い出せない夢の積み重ねが
今　生きていることなら
僕はあと幾度　虹を見られるだろうか

向日葵

向日葵がずらっと並んで
こちらを見ている
ひとを不穏な気持ちにさせる
そのまなざしで

孔雀殺しのような凶暴を
ひとは誰でも隠し持っているなんて
よしてくれそんな
陳腐な台詞

ああ　無銭旅行がしたいな
知らない場処に行きたい
そして街で白いふくらはぎを見つけて

どこまでも追いかけていくんだ

どこまでも追いかけて
追いかけて追いつめる
どうしてって訊かれたら
こう言ってやるのさ「向日葵のせいだよ」

女優の死

女優が死んだ
人はいう
彼女は虚と実のあわいに生き
見事な死を演じ切ったと
嫋嫋たるカデンツァが終わり
鳴り響くコーダ
いつかレクイエムに変わり
蕭蕭と秋の雨が注ぐ

ライフってどんな意味かと
老いた父に訊かれたことがあった
そういえばラヴィなんて
大層な名のコンピュータもあった

さても自分はどんな
人生を生きているのかと
考えながら鏡の前で
ひげなど剃っている

夏休み

隠花植物という言葉は
最近はあまり使わないらしい

そんな隠花植物の
シダ類の柔らかな葉を
大きな舌で舐めとるように
ブロントサウルスが食べてる

そんな夢を見た

とうになくしてしまった
原色の科学図鑑
今も覚えている頁のなかに

僕の詩はある

プリズムと青写真と星座早見
ボール紙の模型と
貝の標本

八月の終わりには
いくつになっても
不思議な焦燥がある
大切ななにかを
何処かに忘れてきたような

遠い遠い夏休み
僕の詩はきっと
今もそこに眠ってる

眠る人

眠っているあなたの
つややかな頬は
空高く昇った満月のよう
完璧で無敵
腹を空かせたライオンだって
あなたには牙をむくことができない

眠っているあなたは
長い睫を閉じて
うっとりとほほ笑んでいる
銀色の砂漠の空に
瑠璃色のオーロラがかかる
遠くの国の夢を見ている

眠っているあなたは
まるで音のない音楽
完璧で無敵
そんなあなたを
あと少し眺めていたい
ほんの少しだけ

世界Ⅱ　または　邂逅Ⅱ

遠くで風にそよいでいる一本の木
ぼくはあそこにいる
だが
ぼくはあの木にはなれない

ぼくの表皮と接している
すべてのものやことは
ぼくの外にあり
同時にぼくのなかにある
宇宙の果てだって
そんなものがあるとすればだが
ぼくの外にあり
ぼくのなかにある

だから
風に揺れる木も
きみの寝息も
ぼくのなかにある
それでも
ぼくはきみにはなれない

どんなにきみになりたくても
どれだけ肌を重ね合わせたとしても
ぼくはきみにはなれない

あとがき

ここに集めた「詩のようなもの（以下、「詩」と略す）」は、私が五十七年と五ケ月の間に書いた「詩」のほとんど大部分である。それにしては少ないようだが、実際にこれらを書いたのは一九八二年から一九八四年にかけてと二〇一八年の、正味では三年に満たない間のことなのである。

幼い頃の私は、将来小説家になることを夢みる文学少年だったのだが、詩はほとんど書いてこなかった。小学校の授業で書くように言われ、一行も書けずに、白紙の原稿用紙を睨んでいた記憶がある。中学の頃には、やなせたかし氏が編集する「詩とメルヘン」という雑誌を好んで購読していたが、自分で詩を書いてみようとまでは思わなかった。それが大学時代、畏友K君に誘われ、詩とイラストの同人誌のようなものを一緒に作ることになった。当時の私は、我流のイラストを描くことに熱中していたので、誘いに乗ったのだと思う。その時ほとんど初めて「詩」を書いた。それが、本書の前半、「物語」としてまとめたものである。

大学卒業後は、都立高校の教諭として三十年間国語を教えた。教える立場になっても詩はどちらかというと苦手であった。詩を教える以上、「詩とは何か」という問いに向き合わねばならないからである。だからか、好きな詩ほど授業ではやりづらかった。もちろん自分で詩を書くこともなかった。

今年（二〇一八年）、久しぶりにK君と会って話したときに、彼が忙しい仕事の合間に今も詩を書いていることを知った。刺激を受けた私は三十余年ぶりに「詩」を書いてみたくなった。そうしてできたのが本書の後半、「世界」の連作である。

こうして並べてみると、新作の方がどうも理が勝ちすぎているように思え、若い頃のものの方がまだしも感性の伸びやかさがあるようにも感じられる。それでも、三十年を経たからこそ書けた部分もあるはずだと自分では信じたい。

同人誌のために描いたイラストを一部挿画としてみた。それぞれタッチも違い、いずれ何かのモノマネだろうが、つたなさが一種の個性になって盗作になることを免れているようにも思う（私の「詩」も同じことでなければいいのだが）。

今回こうしてまとめたのは、これを世に問いたいという野心からではなく、文学少年の成れの果てとして、せめて一冊なりと自分の著書と呼べるものを持ちたいという気持ちからである。とはいえ長短七十篇の「詩」の中のほんのいくつかなりと、読んでくれた方の琴線を震わせるものがあれば幸いだし、そうあってほしいと切に願う。

二〇一八年一二月

秋田　清

著者プロフィール

秋田 清（あきた きよし）

1961年千葉県市川市生まれ。早稲田大学第一文学部日本文学専攻卒業。卒論は「『マチネ・ポエティク』と小説家の青春」。都立高校教諭として三十年間国語を教える。現在は神奈川県在住。最近の趣味は料理・古文書解読。

詩集　物語／世界

2019年７月15日　初版第１刷発行

著　者　秋田 清
発行者　瓜谷 綱延
発行所　株式会社文芸社
〒160-0022　東京都新宿区新宿1－10－1
電話　03-5369-3060（代表）
03-5369-2299（販売）

印刷所　株式会社フクイン

©Kiyoshi Akita 2019 Printed in Japan
乱丁本・落丁本はお手数ですが小社販売部宛にお送りください。
送料小社負担にてお取り替えいたします。
ISBN978-4-286-20729-2